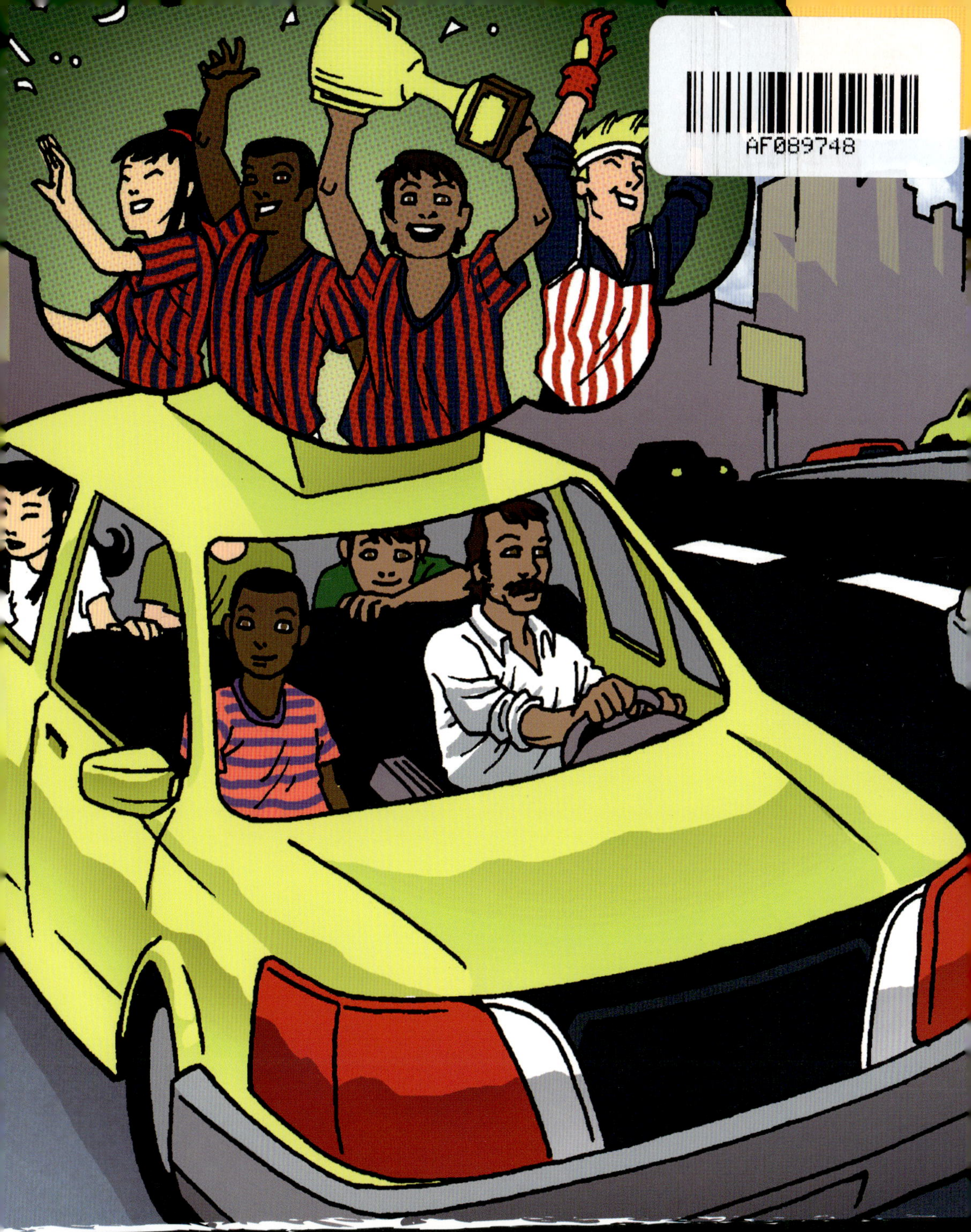

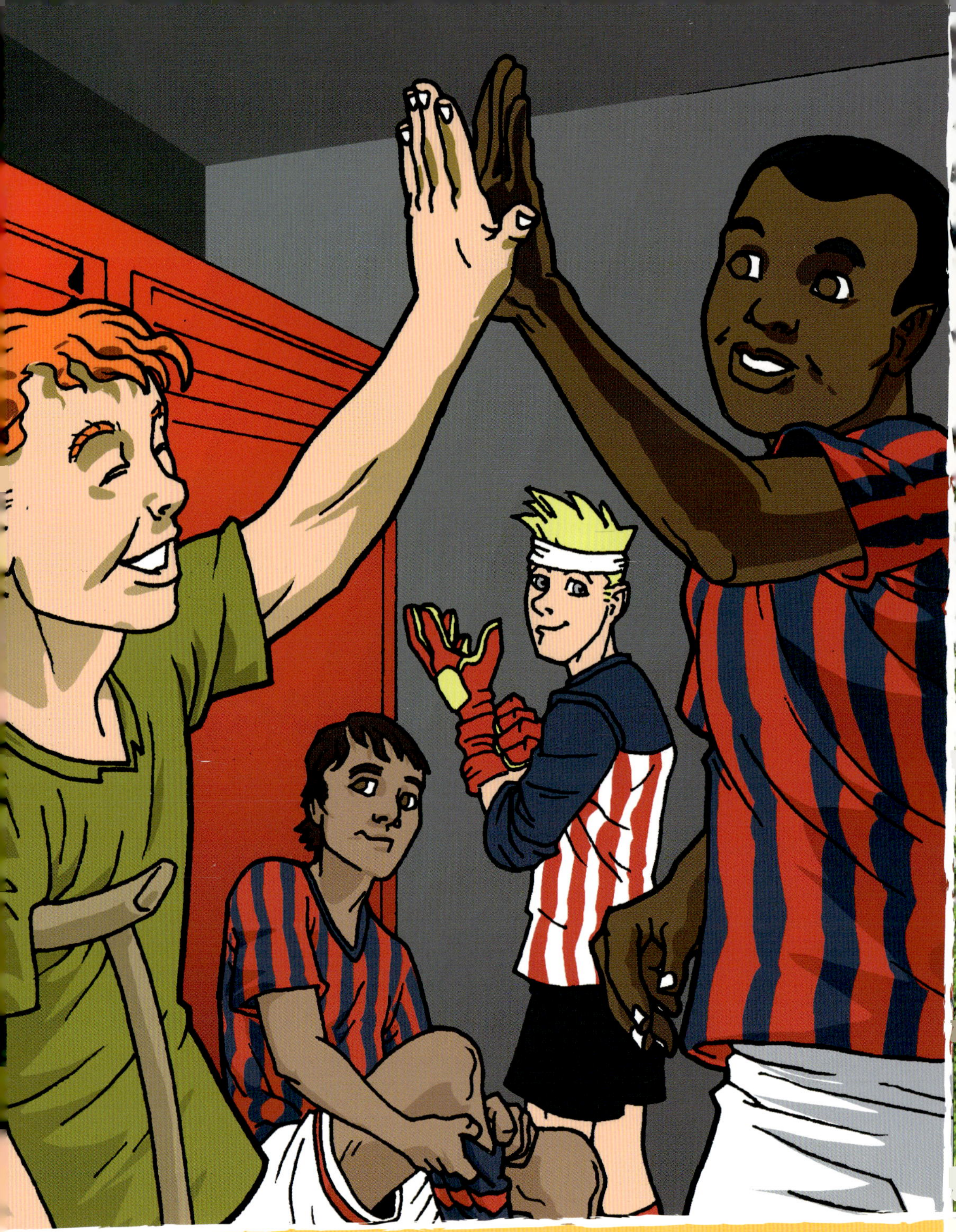

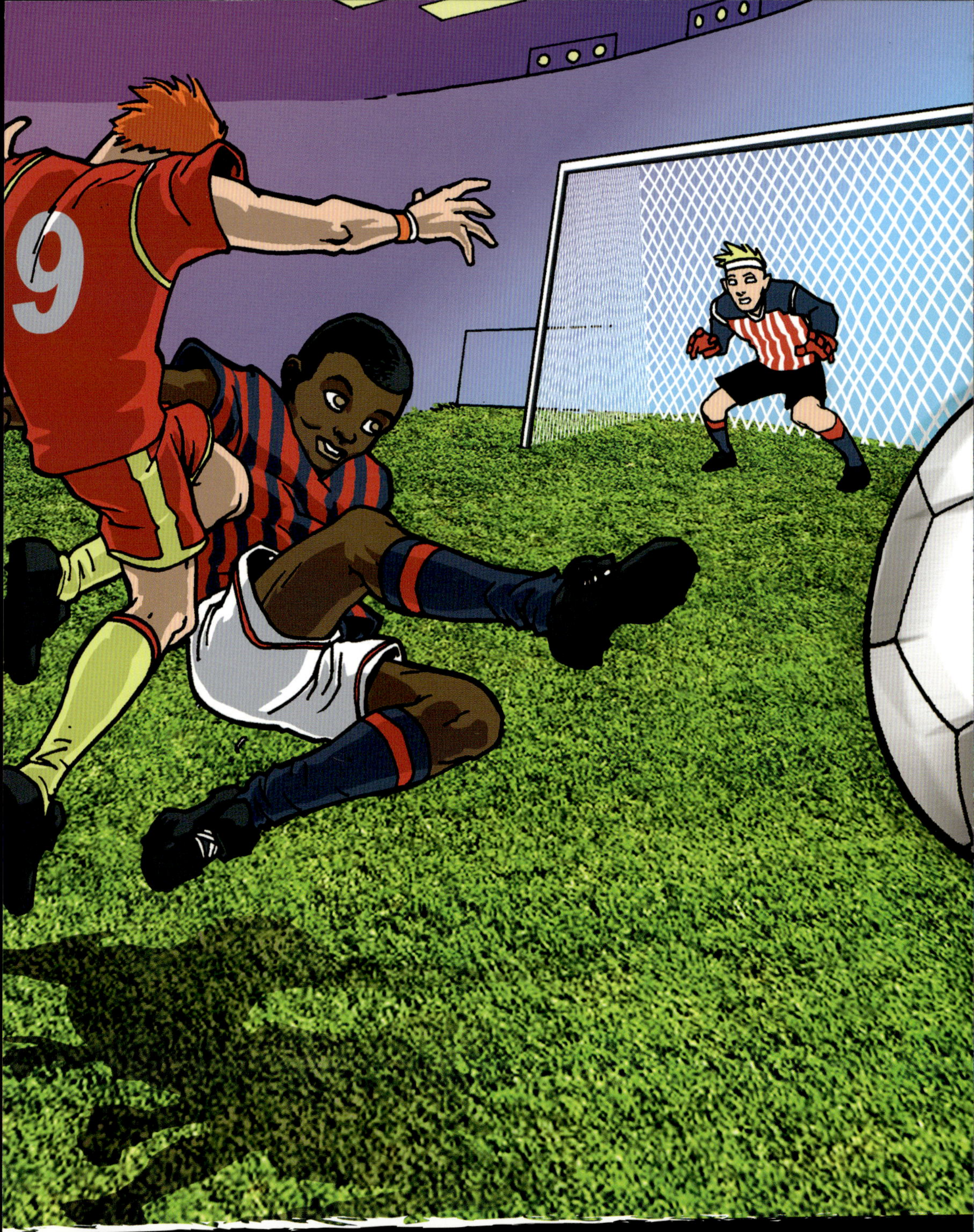
9

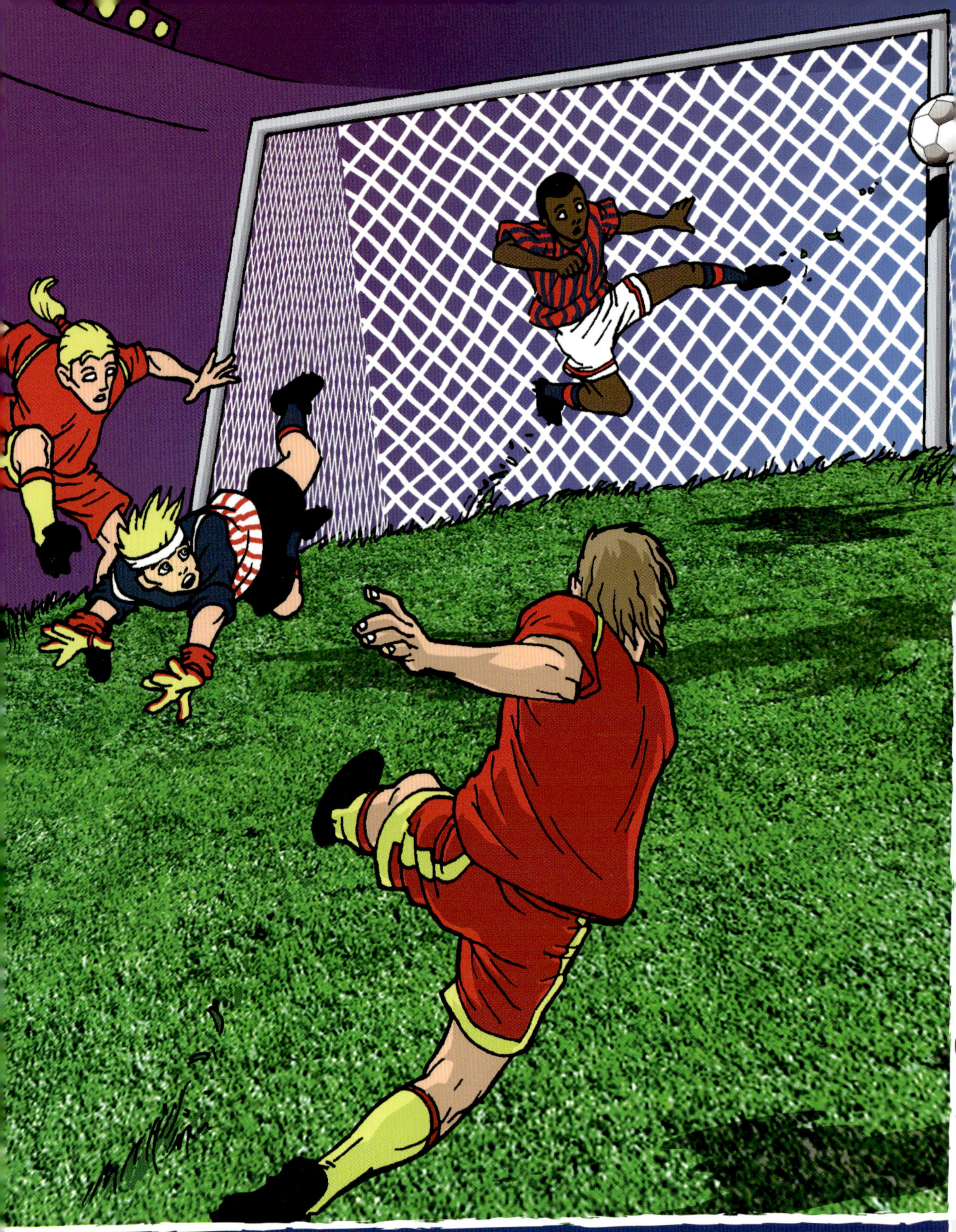

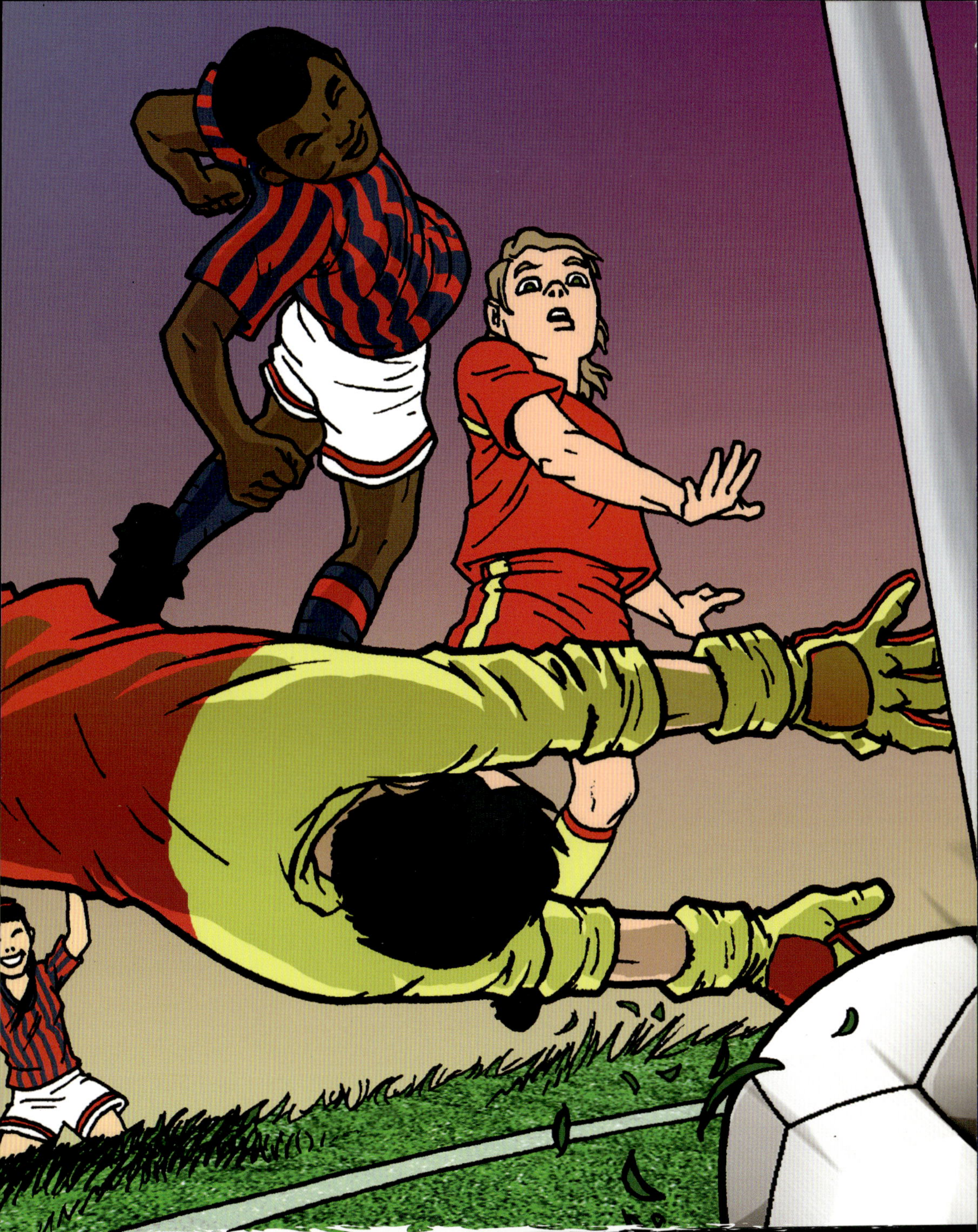

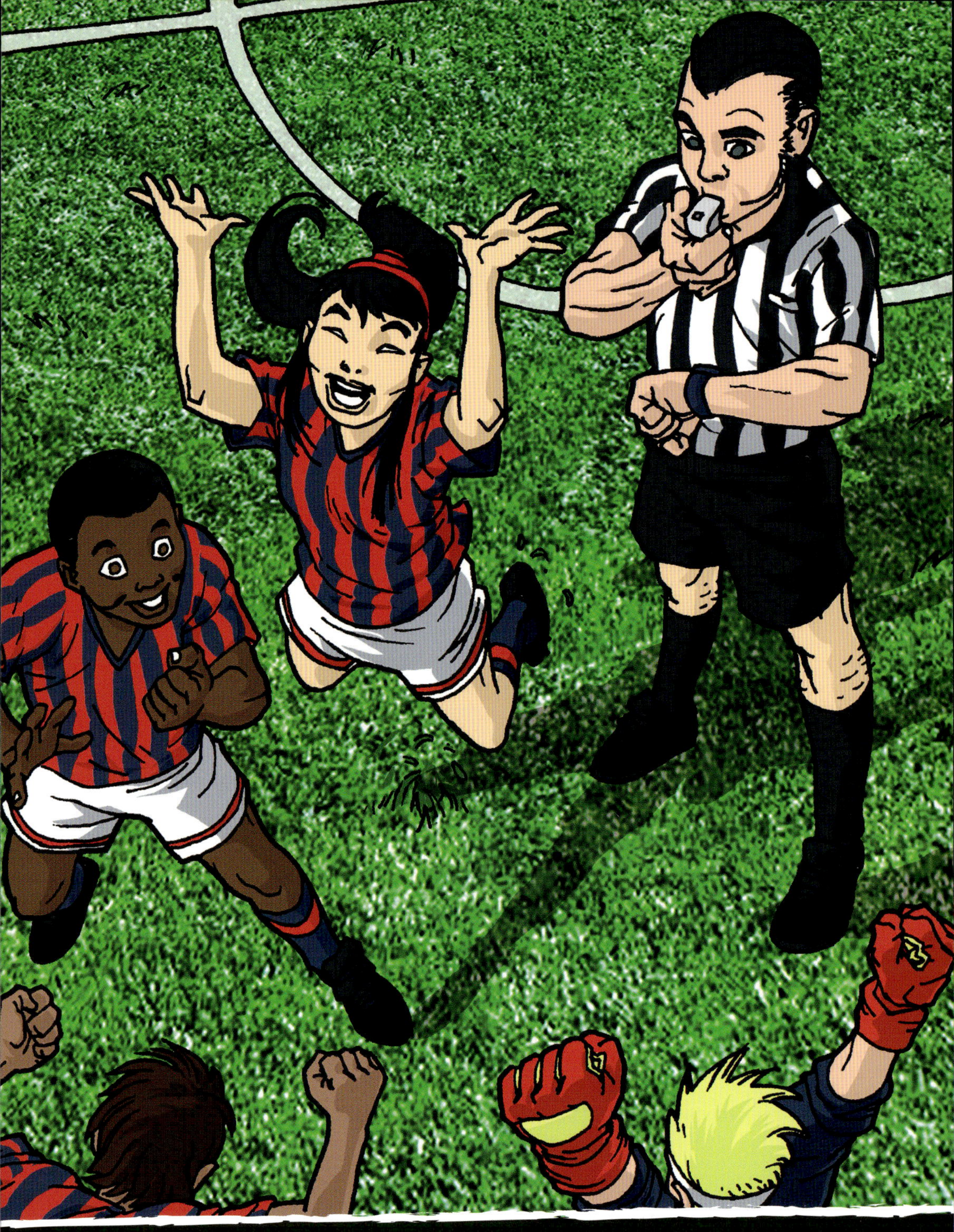

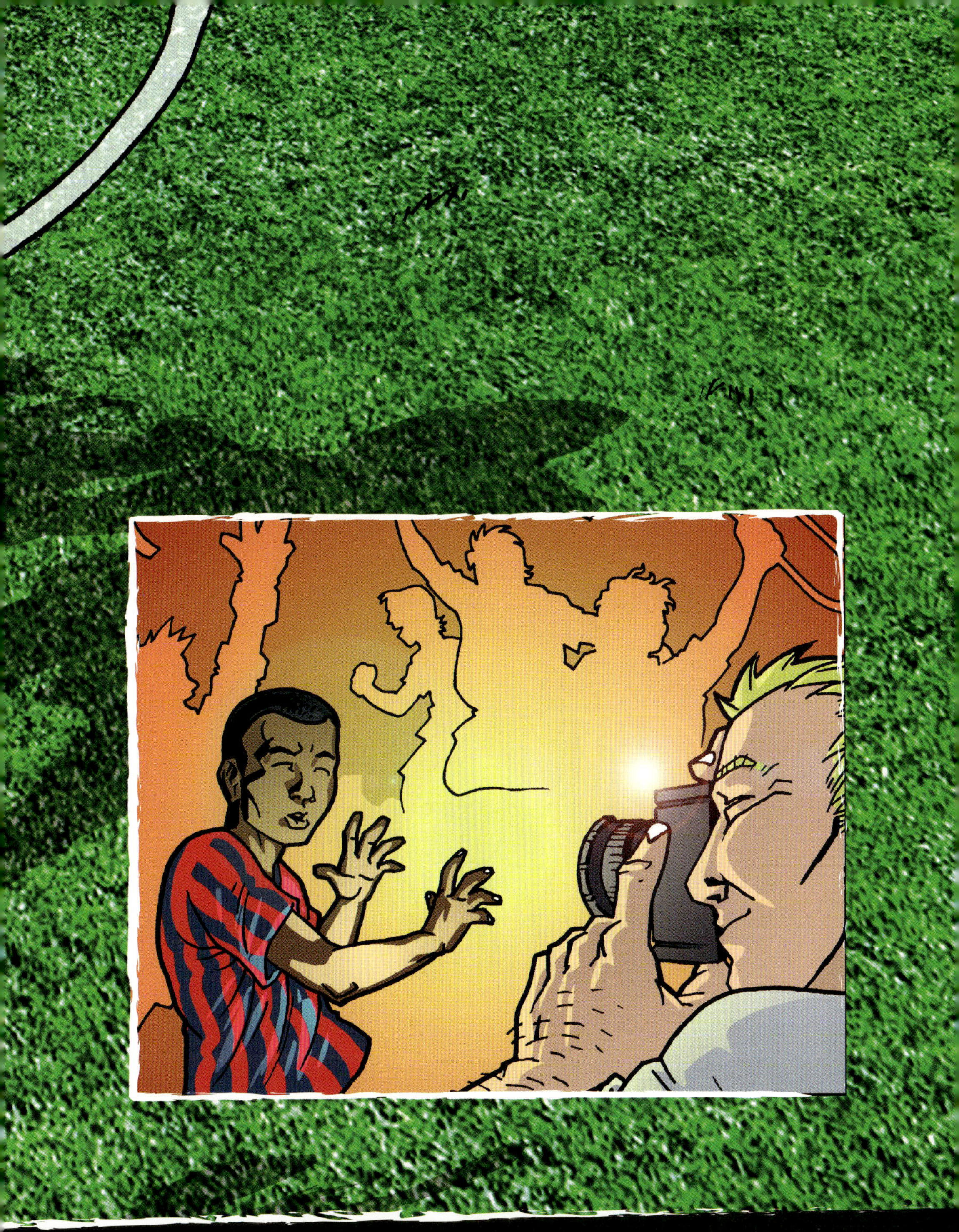

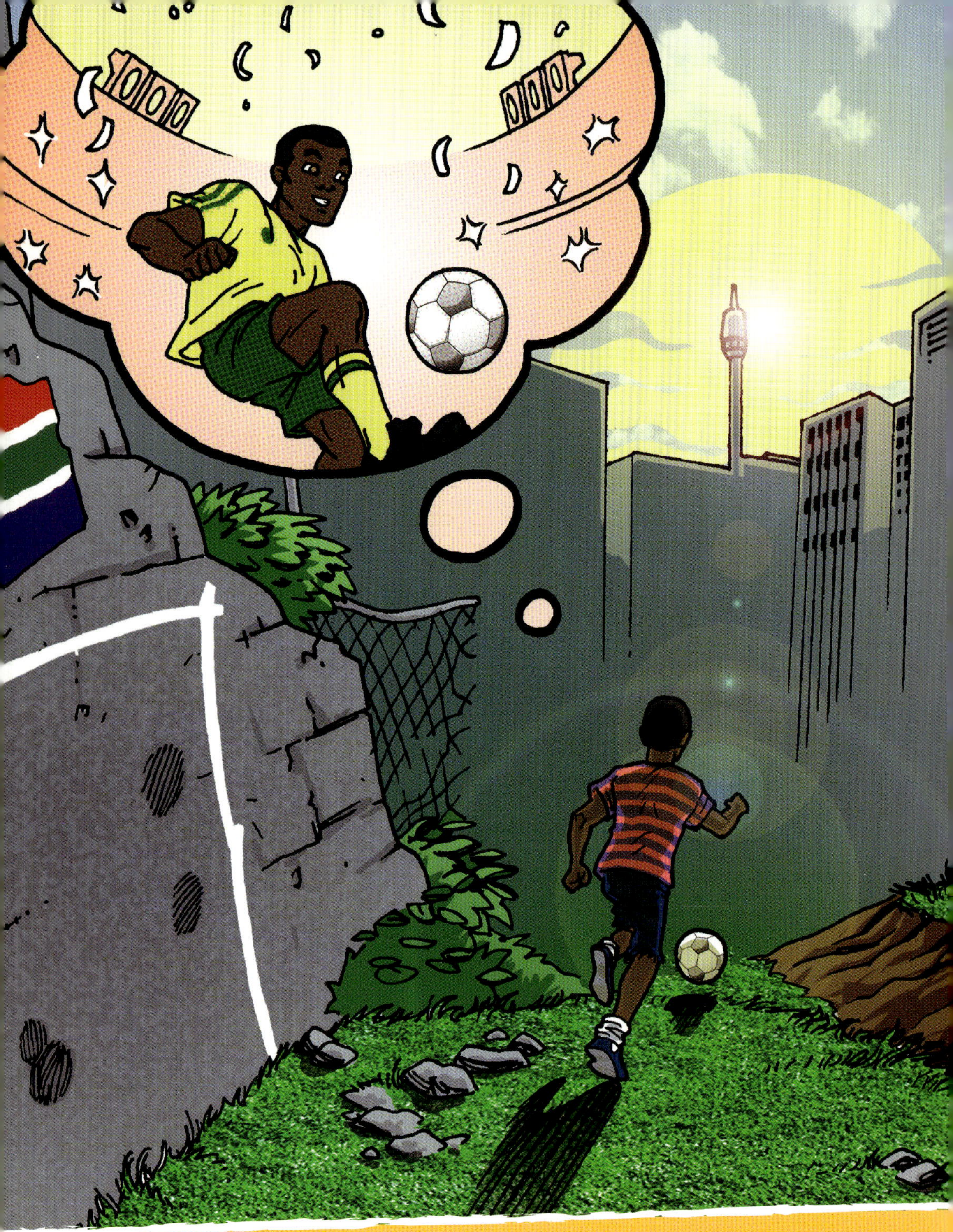